魂归·融流

王淳华 主编

大西山
Great Western Hills

大西山

大西山有多少座墓茔，几无定数。大西山九十多公里的臂膀，三千多平方公里的胸怀，环抱着上下五千年的圣灵。

北京城的墓葬多集中于西山，这是多年以来流传着的说法。原因众说纷纭。有人说，昆仑山乃中华大地万山之祖，大西山正是昆仑山绵延而出的北龙脉上一段风水佳地；又有人说，佛家讲往生西方极乐世界，大西山正是灵魂皈依之所；还有人说，大西山的美让人难以割舍，无数人愿生长于斯长眠于斯……

第七集 魂归

北京城的墓葬多集中于西山

■ 大西山

大西山包容万千魂魄

我们不论这些说法的对与错，我们只来面对一个事实，大西山的确包容着万千魂魄，守望着山下那座伟大的城市。在历史风云漫卷的岁月里，在人类文明转折的时刻间，如今长眠于大西山的那些英灵，当年他们中必有一人，为了这座城市，为了民族国家，在这片土地上，改天换地书写春秋。

历史已成历史，历史正在发生，那历史是谁所创造？谁又是历史前进车轮的真正推手呢？

十集大型人文历史纪录片《大西山》	
第七集	《魂归》

公元 2015 年夏，在北京建城三千零六十年的展览中，这件叫作"克盉（音 hé）"的青铜器被展陈在首位。古拙的铭文勾勒出的岁月轮廓，让每一个观者似乎都能触摸到北京城历史的时空边际。

西周燕都遗址出土的克盉青铜器

第七集　魂归

公元前1045年,周武王灭商统一天下。对于刚刚诞生的周王朝来说,此时最大的外患正是东部边疆时来侵扰的东夷族群,当然,还有北部极不安定的被称为"戎"的游牧部落。为了应对东部边疆的危机,周武王派出了最巧谋善战的军事家,他的岳父——"姜太公"镇守东部边陲,在泰山以东的营丘建立了齐国。为加强齐国的后方支援,武王又把自己的亲弟弟,王朝重臣——"周公"分封到泰山以西的曲阜,建立了鲁国。这一文一武的组合,牢牢地守住了周王朝的东大门,解除了东夷族群带来的威胁。

武王分封,以解除东夷族群对周王朝的威胁

■ 大西山

然而，此时周王朝北部边疆的防御仍然是空虚的。在西山脚下，存在着原来归属商朝的部落方国。疆土之外还有"北戎"环伺。周王朝的统治者清楚，不在敏感区域保持足够的震慑力，不足以维系天下太平。

受封燕地，镇守北疆，此时，已然成为关乎国之生存稳固的关键。

受封燕地，镇守北疆，已成周王朝国之生存稳固的关键

第七集 | 魂归

　　1972年，考古工作者在房山琉璃河附近董家林村进行了一次大规模的考古勘察，随后一座古城遗址和大批墓葬被发掘出来。这座古城遗址被专家定名为西周燕都遗址。遗址中这段荒烟蔓草的城墙，为今天的人们堆砌组合出那段尘封三千多年的历史。

西周燕都遗址博物馆： 位于北京市房山区琉璃河镇董家林村，是一座古文化遗址与文物陈列相结合的历史文化类博物馆，坐落在西周燕都遗址的东城墙外，馆区占地18000平方米，展馆建筑面积3000平方米。展出文物数百件，有青铜器、陶瓷器、玉石器、漆木器和甲骨等，尤以4座原址保留的墓葬和车马坑为特色。通过这座博物馆，人们能对燕都城址及北京这座古老城市的变迁有切身感知和体会。

西周燕都遗址（北京市房山区琉璃河）

■ 大西山

三千零六十年前的一天,一位年轻人来到了大西山下的燕地,他的名字叫"克",是周王朝重臣召(音shào)公的长子。他此行的目的是替父受封燕国镇守北疆。1986年在西周燕都遗址编号为1193的大墓中出土了两件重要的青铜礼器——克罍(音léi)、克盉,上面的四十三字铭文记述了这段历史,证明在燕地实际就封的是召公的长子——"克"。

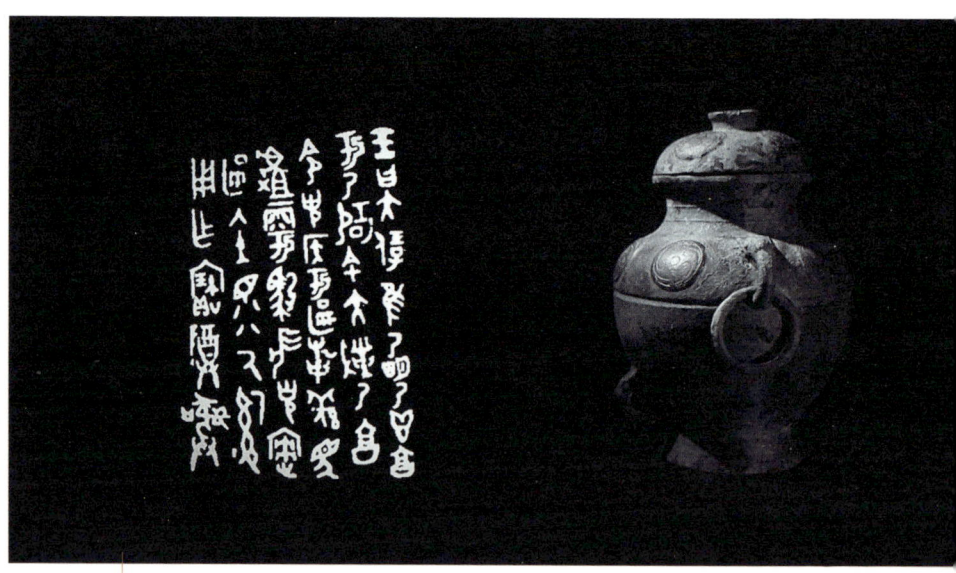

四十三字铭文记录了克替父受封的历史

第七集 | 魂 归

　　"克"之所以替父就封,是因为周王朝初定天下,政局不稳。武王在位三年病故,年幼的成王继位,需要召公在身边辅佐。于是维护周王朝北部稳定的重任,就落在召公长子,年轻的"克"的肩上。"克"孤悬北疆却不辱使命,历尽艰辛而自强不息,他和他的后人把守着周王朝的北大门达八百余年,"克"建设的城池把北京的建城史锁定在三千零六十年前。

克替父受封燕国镇守北疆

■ 大西山

2015年，北京西周燕都遗址博物馆举办了"鼎天鬲地——北京从这里开始"的专题展览。人们在三千零六十年后，在当年"克"受封并建设的城池遗址旁，纪念北京城的初生。大西山以及它守望着的北京城的历史长卷就此展开。

第七集

| 魂 归

■ 大西山

完颜亮迁都燕京

| 魂归

2002年，随着这几件巨大的龙凤石椁（音guǒ）的出土，一项重大发现轰动考古界——北京房山发现了金太祖完颜阿骨打的陵墓。透过厚重的石椁，人们依稀听到千年前沧桑旧事的跌宕回音。

1150年1月，冰天雪地的大金国都城上京，发生了一件决定大金国未来命运的大事。年仅二十七岁的海陵王完颜亮，杀死了哥哥金熙宗夺取了皇位。在随后的几年间，完颜亮为了巩固自己的统治，对反对他的宗室大臣大开杀戒。清除异己重塑皇权之后，完颜亮接下来要做的就是实现他的理想抱负——统一天下。

然而，棘手的问题摆在完颜亮面前。金自从灭北宋后，与南宋划淮河为界，占有着中原和中国北方的大片疆土，但金国首都却偏于东北一隅，物资运输与公文传递不便，政令颁布执行也不通畅，严重阻碍着完颜亮统一天下大业的进程。深思熟虑之后的完颜亮，产生了一个大胆的想法——迁都。

■ 大西山

1153年,为了能实现一统天下的帝国梦想,完颜亮力排众议,毅然决定迁都燕京,改名中都,自此北京城首次成为一个国家的都城,成了大金国的政治、经济和文化中心。与此同时,完颜亮还派专人探看中都周围的风水宝地,他要完成一个更为大胆、更加冒险的举动——迁陵。

大西山在北京房山区境内有一段山脉,因为山势往下奔伏着九条山脊,如同苍龙入海一般,所以当地人称之为"九龙山"。即使不懂堪舆学的人来到这里,也能感受到风水宝地汇集的灵气。这无疑是一块风水宝地,是帝王陵寝的上佳之选。

第七集 | 魂 归

金陵遗址（北京市房山区九龙山）

■ 大西山

明十三陵（北京市昌平区天寿山）

我们现在看到的昌平天寿山下的明十三陵，是北京保存最为完整的皇家陵寝，也被列入世界文化遗产名录。但谁能想到，规模宏大布局严谨的十三陵，此处作为皇家陵址竟然不是首选。当年替明朝永乐皇帝寻找万年吉地的官员，最先选中的就是房山金陵所在的区域。无奈的是，大西山中九龙山下这处风水宝地被金朝皇帝完颜亮抢得了先机。

第七集 | 魂 归

明十三陵（北京市昌平区天寿山）

明十三陵： 坐落于北京市昌平区天寿山麓，它地处东、西、北三面环山的小盆地之中，陵区周围群山环抱，气势磅礴，总面积达120余平方公里，距离北京市区约50公里，交通便利。明朝16位皇帝中有两位葬在别处，一位下落不明，其余13位都葬在此处，所以被称为"明十三陵"，它是中国乃至世界现存规模最大、帝后陵寝最多的一处皇陵建筑群。

■ 大西山

  2002年春天，北京市文物研究所对大房山金陵祭祀坑进行清理发掘时，考古专家发现大石坑中堆积了二百多块重约一吨的巨石。如此之多的巨石之下会掩藏着什么秘密呢？

  随着这些巨石被考古工作者一块块搬开，坑底赫然出现一方石椁。经过考古工作者一年多的发掘，陆续从这个陵墓中出土四具石椁，其中雕龙纹、凤纹的汉白玉石椁为国内首次发现，判定为皇室专用。凤纹石椁内还随葬有一件金丝凤冠，不仅纹饰非常精美，保存也十分完整，历经八百多年的岁月，仍然闪烁着淡淡幽光。专家鉴定，这座陵墓的主人正是金太祖完颜阿骨打。

完颜阿骨打：（1068—1123），女真族人，金朝开国皇帝，他一生驰骋于疆场，为了领土和荣耀而战，完成了建国和灭辽两件名留青史的大事。金朝皇陵可以说是北京地区的第一座皇陵，但在考古学家发现他的墓葬之前，墓葬所在地已经成为当地村民的一个公用的蓄水池，这主要是由于在20世纪80年代末期，考古专家在对金朝皇陵勘察后误以为这座石坑是一座祭祀坑，疏于管理，直到2002年后，完颜阿骨打的陵墓才被打开。

石椁内的龙凤纹,为皇室专用

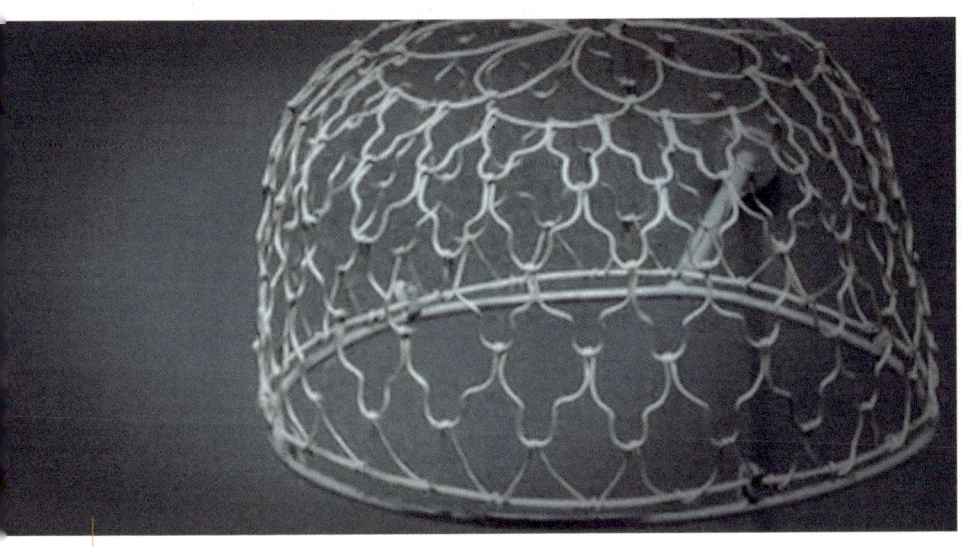

凤纹石椁内随葬的金丝凤冠

■ 大西山

金陵遗址（北京市房山区九龙山）

第七集　　　　　　　　　　　　　　　　　　　　　魂　归

今天的考古发掘让我们感知完颜亮当年的果决。在喧嚣的纷争与巨大的压力下，他勇敢地把大金国统一天下的帝国之梦向前推进，也正是他，终于让北京这座城市开始以国都的身份进入时间与空间的坐标。

但是，完颜亮的帝国梦并没有能如愿延续下去，真正实现这个梦的是从北方草原突袭而来的蒙古铁骑。

金陵遗址： 位于北京市房山区车厂村至龙门口一带的九龙山下，九龙山又称云峰山，金陵遗址共葬金代"始祖"至金章宗17个皇帝、后妃及诸王，是北京地区的第一个皇陵，比明十三陵早约200年。金陵有山有水，地域辽阔，风水甚佳，但金朝灭亡以后，陵墓无人守护，地上部分逐渐残毁。明天启年间，因后金政权崛起，明熹宗惑于术士之说，认为后金兴起与金陵"气脉相关"，遂拆毁了金陵地上建筑。清初对有的陵墓进行了修复，还特设守陵户，春秋祭祀。乾隆时又进行修复，但后来遭到严重损坏，金陵地上部分几乎无迹可寻。

023

大西山

  1260年，对于忽必烈来说，终究是不平凡的一年。这一年，他成了蒙古大汗；这一年，暗藏的危机同时向他奔涌而来。当朝贵族并不拥护他，甚至一次次发动武装叛乱。内忧之外还有外患，此时在中国南方，还有一个南宋政权有待征服。忽必烈明白，必须有人助他才能破解危局。

  而这个人就是刘秉忠。

刘秉忠：（1216—1274），今河北邢台人，初名侃，字仲晦，号藏春散人，因信佛教改名子聪，任官后而名秉忠。他的一生颇具传奇色彩，在元初政坛，对一代政治体制、典章制度的建立发挥了重大作用，同时还是一位擅长诗词文曲的文学家。他更是元朝国都元大都的规划设计者，奠定了北京市最初的城市雏形。

在北京宛平城西永定河畔，站在卢沟桥北望，一座碑亭会不经意间进入人们的视线。碑亭正名为玉尺亭。玉尺亭所在的位置，据史书记载正是刘秉忠的陵墓。

刘秉忠有着传奇的一生。他少年成名，但不甘委为小吏，出家做了道士，后又皈依佛门，最终随高僧海云面见忽必烈。忽必烈与刘秉忠相见恨晚，长谈三天三夜，将其纳为幕府。刘秉忠得遇明主，这个时候的他还不到三十岁。自此，刘秉忠改变了自己的命运，也改变了大元帝国的命运。

永定河畔的玉尺亭，史书记载正是刘秉忠的陵墓

■ 大西山

刘秉忠设计的元大都塑造了明清王朝都城的典范

第七集　　　　　　　　　　　　　　　　　　　　　魂　归

1267年，刘秉忠受命在原金中都燕京城东北设计建造一座新的都城。他把毕生所学凝结在这座城市上。他在这座伟大的城市即将落成的时候淡然离去，身后留下的却是意大利旅行家马可·波罗对这座城市的无尽赞叹。

一片匠心,塑造着未来明、清王朝都城的典范,一代巨匠,也得以永久驻留在大西山下的永定河畔。

1896年,已经静静地在地下安眠近五年的醇亲王奕譞（音xuān）,迎来了不同寻常的一天。

一群宫里当差模样的人,持械闯进醇亲王的墓园。要知道醇亲王奕譞,是大清朝光绪皇帝的亲生父亲,生前备受慈禧太后宠信,总理海军事务衙门,可谓权倾朝野。他的墓园是宫里的风水师在大西山中精心觅得。墓园阴宅阳宅相邻,阳宅是金章宗创建的八大水院中的香水院所在,阴宅是唯一拥有黄琉璃瓦碑亭的王爷坟。这一切都表明着墓园主人的特殊身份和地位。

醇亲王奕譞

第七集　　　　　　　　　　　　　　　　　　　　　　魂 归

闯进墓园的人开始动手砍伐那颗树冠覆盖着坟丘的千年银杏。他们知道醇亲王的显赫身世，但他们更知道这趟差事是慈禧老佛爷亲自交办的，差事办砸了脑袋是要搬家的。他们也弄不明白，老佛爷为什么要背着光绪皇帝，去砍他们家坟头的这颗银杏树。自然，伐树的缘由只有慈禧和那个内务府精通风水的大臣英年清楚。

醇亲王墓

1894年，中日甲午战争爆发。这一年，已经是光绪皇帝登基的第二十个年头。一系列丧权辱国条约的签订，让这位只有二十四岁的年轻人不想再隐忍沉默下去，他要摆脱慈禧的控制，亲主朝政，维新变法。这个"不听话"的皇帝自然让慈禧感到不满。内务府大臣英年，懂风水，更懂钻营。于是向慈禧进言：醇亲王奕譞的墓地上有白果树一颗，高十余丈，荫数亩，形如翠盖罩在墓地上。按理这样的大树只有帝王的陵寝才可以有。况且，白果的"白"字加在"王"之上就是个"皇"字，这于太后很是不利啊！

随着千年银杏的轰然倒下，光绪和他父亲两代人的企图和梦想，也伴着飞扬的黄土尘灰散尽。

光绪皇帝与其父醇亲王奕譞

第七集 | 魂 归

甲午海战北洋水师全军覆没，醇亲王奕譞力荐朝廷组建起的当时亚洲最强大的海军不复存在，八国联军再次闯进北京城，慈禧太后偕光绪皇帝仓皇出逃的身影，没有逃过埋葬在妙高峰下的醇亲王的幽幽一瞥。

七王坟（北京市海淀区妙高峰）

■ 大西山

大西山下，一幕幕沧桑与屈辱在次第上演，更有一幕幕的不屈与反抗在前仆后继。

1937年7月7日，卢沟桥事变，中国抗日战争全面爆发。驻守宛平城的二十九军三十七师二一九团官兵，面对日军的进攻奋起抗战，赢得举国赞誉。此时，两位二十九军的高级将领心重如铅，他们知道，日军此次行动蓄谋已久，绝不会善罢甘休。没能攻下宛平城，转而和中国方面谈判，纯粹是为调兵遣将争取时间。

十几天的时间很快就过去了，日本人利用这段时间，已经从东北和朝鲜向北平调集了十余万人的作战部队。而当时守卫北平和天津的中国部队也是十万人。一旦战事再起，武器装备落后的我军，打赢的可能性微乎其微。战场上敌我态势的变化，让二十九军的这两位高级将领忧心忡忡。他们，就是后来为国捐躯的 佟麟阁将军 和 赵登禹将军。

佟麟阁：（1892—1937），满族，河北保定人，原名佟凌阁，因牺牲后报纸误写为"麟阁"，此后就被沿用了下来。他是冯玉祥手下的"十三太保"之一，早年曾参加护国讨袁战争，1937年7月28日，指挥第二十九军拼死抗战，负伤时仍坚持"个人安危事小，抗敌事大"，他是我国在抗日战争中殉国的第一位高级将领。2014年9月，佟麟阁将军名列第一批300名著名抗日英烈和英雄群体名录。

第七集　魂归

当此危难之时，佟麟阁将军选择的是用自家盖房的木料做棺材，怀着赴死的决心走上战场。赵登禹将军也心知，此一去活着回来的机会不大。他含泪告别老母和怀有身孕的妻子，也毅然踏上征程。他们负责防御的是北平最重要也是最薄弱的南大门——南苑一线。没想到仅仅两天之后，两位将军都先后牺牲在战场上。

赵登禹：（1898—1937），山东菏泽人。他早年也曾跟随冯玉祥参加北伐战争，1937年7月28日，在对日作战时壮烈殉国，时年39岁，是抗日殉国的第一位师长，后被追授为陆军上将。为了纪念赵登禹，抗日战争胜利后，北平市政府将崇元观南至太平桥的马路命名为"赵登禹路"，北平通县古运河西岸一条大街，也被命名为"赵登禹大街"。

■ 大西山

佟麟阁将军的墓地在香山脚下正黄旗村的山坳中，它静静地藏在大西山静谧的怀抱中。与佟麟阁将军的墓园不同，赵登禹将军的墓地位于卢沟桥宛平城东关文子山，紧邻京港澳高速公路，人来车往，熙熙攘攘。这一静一动的差别，也许是将军们生前一文一武的身后映照。

这一山一城的墓园分布，也许是冥冥中注定大西山和它山脚下的那座城市正是相互关联彼此依靠。他们的忠魂被大西山收容，他们的忠骨依然护卫着大西山。

佟麟阁将军墓（北京市海淀区香山）

赵登禹将军墓（北京市丰台区宛平城东南）

抗日烈士
赵登禹将军之墓
(1898-1937)
一九八零年重立

■ 大西山

  2015年9月3日,在纪念反法西斯战争胜利七十周年之际,一场盛大的阅兵仪式在天安门广场举行。佟麟阁将军和赵登禹将军的家属在抗战老兵方阵之中接受着人们的注目与敬礼致敬。

纪念中国人民抗日战争暨世界反法西斯战争胜利七十周年阅兵式

第七集 | 魂归

当不绝于耳的掌声响起,当老兵方队的身影渐渐远去时,你我心中会对先人寄托些什么呢?

纪念中国人民抗日战争暨世界反法西斯战争胜利七十周年阅兵式

■ 大西山

八宝山革命公墓（北京市石景山区）

1949年12月,八宝山这座本不出名的大西山余脉,一度成为人们关注的焦点。北京,有了第一座革命公墓。

八宝山革命公墓:是中国声名最盛、规格最高的园林式公墓,是中华人民共和国成立后在明代护国寺基础上改建而来,八宝山是因盛产红土、耐火土、青灰等八种矿产而得名。该公墓建筑格局由我国著名建筑师林徽因设计,一直用于安葬我国已故党和国家领导人、民主党派领导人、爱国民主人士、著名科学家、文学家、高级工程技术人员、国际友人、革命烈士和县团级以上领导干部,整个墓地被苍松翠柏所环绕,显得庄严肃穆。

1950年,任弼时同志因病逝世,下葬在八宝山东部坡顶上——被称为八宝山革命第一墓。这里还移葬了瞿秋白等为新中国诞生流血献身的革命烈士,此外这里还安葬了张澜、朱德、彭德怀、董必武、陈毅、聂荣臻、陈云、李先念、彭真等为中华人民共和国的缔造建设付出一生的革命家。

大西山

大西山,有人为守卫民族的尊严而抛洒热血,有人为实现家国的理想而鞠躬尽瘁,有人在文化寻梦的长路上耗尽心力,也有人因夙愿未了而抱憾终身。牺牲、就义,或为国,或为民,或为义,或为真。离去、告别,或为情,或为爱,重于泰山的后世传颂,轻于鸿毛的烟消云散。

万安公墓(北京市海淀区)

第七集 | 魂归

　　古往今来，魂归西山，是情结的凝聚，是眷恋的绵延，大西山下长眠的绝不仅仅是帝王将相，它博大的胸怀护佑着志士仁人，拥抱着芸芸众生。

凤凰山陵园（北京市昌平区）

■ 大西山

英魂如他——最早在中国传播马克思主义的李大钊先生,人生虽然只有短短的三十八个春秋,但在他英勇就义后,安葬于大西山下的万安公墓,接受着一代代中国人对革命先驱的深深致敬。

李大钊墓(万安公墓)

第七集　魂归

恋魂如他——共和国国徽的设计者梁思成、林徽因夫妇,他们走遍神州山河,以专注编写中华文物档案;他们倾尽心血,以良知保护古都北京。故去之后,他们魂归西山,无数的后人倾慕于他们、敬仰于他们。

林徽因墓(八宝山革命公墓)

■ 大西山

伤魂如他——人民艺术家老舍先生，他笔下的北京城、北京人是他一生一世的珍爱。为真心而写，为真实而去，安眠在大西山下，老舍与他的城、与他的街坊们永存。

老舍先生墓（八宝山革命公墓）

第七集 | 魂 归

清魂如他——京剧艺术大师梅兰芳先生,传承,创造,演技精湛,艺德厚重。生前,梅先生最爱西山的百花清幽;身后,香山万花山的四季斑斓从此相伴。

梅兰芳墓(北京市海淀区万花山)

■ 大西山

大西山，身前挚爱，身后眷恋，长眠于大西山下的这些灵魂，或许贵为帝王，或许身为平民，或许曾经一家，或许素昧平生，或许人生慷慨，或许历尽磨难，但是在历史的星河中，他们都在天空的某一处，闪耀着属于自己的光亮。

第七集　　　　　　　　　　　　　　　　　　　　魂　归

　　一座城市，每天都要经历宇宙之变与四时的周而复始。一城如人，一生一世，有生有长，有起有伏，但这里从来不缺少敢于担当的人，危急时刻，挺身而出。他们是历史发展的推手，他们是社会进步的助力，有名或无名，非凡或平凡，都是大西山之上的星，都是大西山之下的土，人虽去，心长留。

■ 大西山

导演手记：

人事有代谢，往来成古今

/ 第七集《魂归》分集导演　谭焱

坐在 41 层的新闻发布会现场，当主持人说道："经过 3 年的筹划，24 个月的拍摄，365 个日夜的精心打磨，《大西山》迎来她开播的感人时刻。"我竟有瞬间的不真实感，数千的日夜，我们的《大西山》竟然真的要开播了？看着屏幕上放出的《大西山》片段，我竟然有些老怀大慰，开始对大西山的"大"有了更多一些的感悟。

立项之初，并无"大"的概念

像我们这群北京长大的孩子大多只听说过北京西山，而"大西山"的概念，也是因为我们而首次提出。

第七集　｜　魂　归

传统意义上的北京西山，只是北京西郊的小西山，也就是小清凉山。而经过1000多个日夜的筹备、走访，通过研读大量的专著、历史文献和资料，以及各方面专家、学者的协助，我们才慢慢将"大西山"的概念一点点梳理出来。

"大西山"究竟"大"在哪里呢？

大西山之"大"，大在她的地域风貌

2015年，经过上百次探讨、会议、调研，我们终于确定了《大西山》的核心定义。大西山，属太行山山脉，古称"太行之首"。北至昌平关沟，南抵拒马河谷，东临北京小平原，西与河北交界，总面积约占北京市域的近六分之一。

摄制组在醇亲王墓进行航拍，左一为分集导演谭焱

■ 大西山

摄制组在醇亲王墓进行拍摄

它像一只臂弯护卫着北京城，故有"神京右臂"的雅称。

大西山之"大"，大在她是北京城的根基

北京大西山不是什么闻名天下的名山，它不及泰山的威严、华山的险峻。但它有"北京的西花园"雅号，它错落的峰峦、连绵的山峰，俨然成了一道天然的屏障，默默地护佑着北京城。

从太行山的"太行八陉"来看，在最北端的"军都陉"正是大西山自北向南的地理起始点。而"太行八陉"恰恰是华夏文明最初的聚集地——晋、冀、豫地区穿越太行山的咽喉要道，也是连贯西部高原与东部平原的唯一纽带。一条蜿蜒而来的大河——永定河注

定了要给予这座城市母亲般的给养。取暖烹调所需的煤炭,象征着皇权威严的汉白玉石,代表着中国传统建筑的琉璃瓦等都是大西山所蕴含、所出产的珍贵宝藏。

大西山之"大",大在她是北京人的精神家园

北京有 3000 多年的建城史,800 多年的建都史,是中华文明不能割舍的重要部分。大西山则是北京重要的文化集散地与发源地。大西山中有着众多著名寺院道观,也是北京城和华北地区百姓的精神圣地,又有用于通商、军务的京西古道沟通南北。妙峰山庙会、京西太平鼓、千军台庄户幡会、琉璃烧制技艺等都是大西山地区的

摄制组在十三陵拍摄,当天下着雪,中间者为分集导演谭焱,他正在跟摄像师讨论拍摄画面

■ 大西山

非物质文化遗产。

大西山因其山河秀美，自古就备受青睐，皇亲贵胄、僧侣居士纷至沓来，在此地大建宫室、陵墓、寺庙、道观，成为很多人的精神家园。

山河犹存，英魂不灭

说到陵墓，我们在《魂归》中就用了一集的时间来细数大西山中包容的那万千英魂，他们用千年来守望着山下那座伟大的城市。从见证了北京建城史的西周燕都遗址，到金太祖完颜阿骨打的陵墓，再到明代的十三陵、清朝的王爷坟，直至八宝山革命公墓、万安公

谭焱在对明十三陵进行逐格摄影

墓，大西山完整地见证了这座城市 3060 年建城史间的盛衰兴废。它经历了太多的变迁、炮火与磨难。

山河犹存，英魂不灭。帝王将相已长眠，风流名士亦安魂。梁思成、林徽因夫妇在此处静静守着他们挚爱的老北京，梅兰芳先生那名动千古的唱腔自百花深处悠悠而来。

人事有代谢，往来成古今。大西山以其之"大"的气度、"大"的风貌、"大"的包容，孕育出千万风流人物，静静地护佑着这座城市。

■ 大西山

1275年,元大都城西,永定河水一路东流,清风拂过卢沟桥,年轻的马可·波罗在这里停下脚步。

这位意大利人后来在他那本著名的《马可·波罗游记》中这样描述:"离开都城,西行十六公里来到一条河流,它名叫永定河,蜿蜒流入大海。河上舟楫往来,帆船如织。它们运载着大批的商品。河上架有一座美丽的石桥,这也许是世界上无与伦比的大石桥。桥长三百步,宽八步;十个人骑马并肩而行,也不感觉到狭窄不便。"

这段话让中世纪的欧洲读者们叹为观止,他们因此把卢沟桥称为马可·波罗桥。

尽管至今还有人在质疑马可·波罗是否真正来过中国,但这并不影响他的游记在世界范围内广为流传。

卢沟桥

《马可·波罗游记》插图

十集大型人文历史纪录片《大西山》

| 第八集 | 《融流》 |

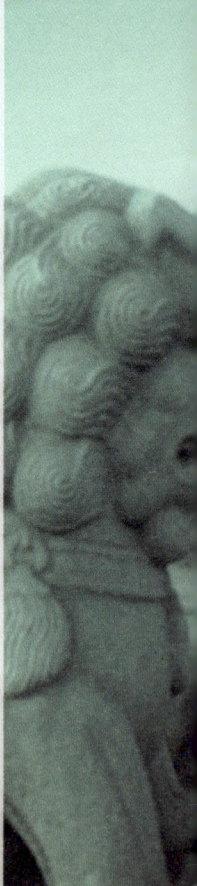

辉煌灿烂的文明古国如一个神秘的宝藏，吸引着欧洲的目光，欧洲人对古老东方的固有想象被颠覆、被改变，文明也在这种实实在在的了解与认知中完成着交流与交融，而马可·波罗眼中的元大都，这个当时世界上最繁华的都城已经穿越了时空，成为一种永恒的存在。

第八集 | 融 流

■ 大西山

　　成吉思汗十年（1215年），蒙古军攻占金中都燕京，时年二十八岁的燕京人**耶律楚材**奉成吉思汗诏令，从京西玉泉山出发，长途跋涉，星夜兼程地赶到了大汗位于蒙古克鲁伦河畔的军中大帐。当耶律楚材风尘仆仆地出现在成吉思汗面前的那一刻，一个强盛时代注定从此到来。看到这位年轻人身材修长，声音浑厚，气质非凡，成吉思汗亲切地用蒙古族语称他为美髯公——"吾图撒合里"。

耶律楚材：（1190—1244），字晋卿，号玉泉老人、湛然居士，契丹族，蒙古帝国时期的政治家。1215年，蒙古军攻占金中都，成吉思汗收耶律楚材为臣。耶律楚材以儒家治国之道提出和制定了各种施政方略，为蒙古帝国的发展和元朝的建立奠定了基础，他先后辅佐成吉思汗父子30余年，担任中书令14年之久，对成吉思汗及其子孙产生了深远影响，所采取的各种措施为元朝的建立奠定了基础。他虽是契丹族，却是个生于北京、葬于北京的地地道道北京人。

事实正如法国历史学家格鲁塞在《草原帝国》中评述的那样:"这是幸运的选择,因为耶律楚材融中国高度文化和政治家气质于一身。是辅佐亚洲新君主的最合适的人。"在后来风云变幻的三十年中,凡是国家大事,他都参与决策,以儒家思想来治理天下,保护了中原的农业经济和先进文化,维护了国家的大一统格局。

耶律楚材书法作品

■ 大西山

元朝结束了此前中国长期存在的南北分裂状态，建立了强大的多民族的统一国家，作为中国历史上最重要的民族大融合时期，元朝也开启了古代中西文化交流的最繁荣时代。这一时期，汉民族外迁、边疆地区各民族内移中原与江南，契丹和女真融入中华民族。元朝经由海上丝绸之路进行经贸往来的国家和地区由宋代的五十多个扩大到一百四十多个。

第八集 | 融 流

元朝通过海上丝绸之路与一百四十多个国家和地区进行贸易往来

昆明湖东岸，有文昌阁。文昌阁北面有一座院落，这里就是**耶律楚材祠**。

耶律楚材祠据说是颐和园里年代最久远的建筑，耶律楚材去世五百年后，其墓茔早已湮没，无迹可寻。直至清朝，乾隆皇帝为母祝寿建造清漪园，在瓮山施工时挖出了耶律楚材的棺木，乾隆皇帝下令堆土为山重新安葬，并加盖祠堂三间，内供塑像及墓碑。乾隆皇帝还亲笔题诗表彰耶律楚材的历史功绩。

耶律楚材祠（北京市海淀区颐和园）

乾隆皇帝作为清朝帝王给予几百年前的元朝臣子的这一份殊荣，即使在今天看来也不同寻常。清朝与元朝一样都是少数民族入主中原建立的封建王朝。乾隆所为，自然是为了定国安邦。

耶律楚材祠内的雕像

| 融流 |

清朝历来尊崇藏传佛教,"敬一人而千万悦""敬修一座庙,胜养百万兵"。昭庙全称宗镜大昭之庙,位于西山之中的香山的半山之上,坐西向东,是乾隆皇帝为西藏的六世班禅所建。

1780年是乾隆皇帝七十大寿,为了欢迎专程进京祝寿的六世班禅,乾隆皇帝在此处和六世班禅一起出席了昭庙的开光大典。在这个隆重的典礼之前,乾隆皇帝就已经和班禅一起参加了一系列盛大的庆祝活动,给予其最尊贵的礼遇。

昭庙(北京市海淀区香山公园)

位于昭庙的琉璃万寿塔

■ 大西山

乾隆会见班禅图

第八集 | 融流

■ 大西山

六世班禅实际上是当时西藏的最高统治者,在蒙藏和青海地区享有崇高威望,从六世班禅自西藏启程,乾隆皇帝就积极准备与他的会面。拨巨资仿照西藏日喀则的扎什伦布寺修建了两座藏式寺庙,北京西山的这座昭庙就是其中一处,另一处是承德的须弥福寿寺。

六世班禅唐卡(局部)

乾隆皇帝唐卡(局部)

西藏扎什伦布寺

扎什伦布寺：中国著名的六大黄教寺院之一，是西藏日喀则地区最大的寺庙，位于日喀则市城西的尼玛山东面山坡上，为四世班禅之后历代班禅驻锡之地，可与达赖的布达拉宫相媲美。它与拉萨的"三大寺"——甘丹寺、色拉寺、哲蚌寺合称藏传佛教格鲁派的"四大寺"。该寺最宏伟的建筑是大弥勒殿和历世班禅灵塔殿，大弥勒殿位于寺院西侧，殿高30米，供奉1914年由九世班禅确吉尼玛主持铸造的弥勒坐像。该寺有脱桑林、夏孜、吉康、阿巴四个经学院。此外，时轮殿、印经院、汉佛堂等也颇具规模。汉佛堂是七世班禅时建造，堂内陈列清代皇帝赠送给历世班禅的礼品，楼上悬挂着乾隆皇帝的巨幅画像，偏殿则是清朝驻藏大臣与班禅会见的客厅。

| 融 流 |

乾隆甚至还利用这段时间学习了藏语,以便可以用藏语和班禅直接进行交谈。

在承德和北京,乾隆皇帝多次单独召见六世班禅,两人的情谊与日俱增,班禅在昭庙逗留了四天。乾隆皇帝写了一首《昭庙六韵》,以四种文体刻在石碑上,立在昭庙之中,称赞六世班禅远道而来的祝寿诚意,并以此来表达振兴藏传佛教的诚意与信心。"雪山和震旦,一例普庥嘉",意思是内地与西藏,在同一块福云的庇护下缔造着美好的生活。

《昭庙六韵》及石碑:《昭庙六韵》全文如下:"昭庙缘何建,神僧来自遐。因教仿西卫,并以示中华。是日当庆落,便途礼脱阇。黄衣宣法雨,碧嶂散天花。六度期群度,三车演妙车。雪山和震旦,一例普庥嘉。"它是乾隆皇帝为六世班禅所写的颂歌,所刻石碑为方碑,南面刻汉文,西面刻藏文,北面刻蒙文,东面刻满文,汉文是乾隆的御笔亲书。

昭庙六韵碑(北京市海淀区香山公园)

昭庙六韵碑上的文字

■ 大西山

1911年，清王朝在内外交困中灭亡，中国这个古老而贫弱的国度如同一片巨大的废墟，在军阀混战、新旧更迭的困顿中等待新生。

在北京的西山，封建王朝所遗留下来的皇家园林和敕建寺庙，大多由繁盛沦为荒废，但是这样的寂寞空庭又因为一种新的机缘而孕育着新生的可能，随着国门的敞开，西学东渐，有识之士在西方自由思想的影响下试图在这块百废待兴的土地上建立一个新的世界。

第八集　　　　　　　　　　　　　　　　　　　　　融 流

当时深受西方思想影响的有识之士大多聚集在西山

■ 大西山

1919年，香山慈幼院在前清行宫香山静宜园动工，并在昭庙的遗迹上建了部分建筑，当时做过北洋政府总理的慈善家熊希龄，正主持京津冀洪涝赈灾，他希望能用官款补助和赈灾余额建立一所救助机构，专门收留因受灾流离失所而无人认领的孩子。

香山慈幼院的建设者、
民国教育界熊希龄先生

熊希龄：（1870.7.23—1937.12.25），字秉三，别号双清居士，出生于湖南湘西凤凰县，祖籍江西丰城。他是我国著名的教育家、社会活动家、实业家和慈善家，也是一位杰出的爱国主义者。熊希龄天生聪慧，被誉为"湖南神童"，15岁中秀才，22岁中举人，25岁中进士，后点翰林，因参加百日维新运动被革职。1937年12月25日，熊希龄在香港逝世，当时国民政府为他举行了国葬仪式。

第二年秋季,香山慈幼院正式招生,那些原本失去家园的孩子进入了这个位于昔日皇家园林中的校园,开始了一种崭新的生活方式。可以说,这些孩子是新式教育的首批受益者。

熊希龄和香山慈幼院的学生

■ 大西山

当慈幼院的孩子们经历着新式教育带给自己变化与进步的时候，静宜园附近古老的碧云寺也在悄悄发生着一些改变。而这些，开始于一位法国医生贝熙业的到来。

贝熙业工作照

贝熙业：（1870—1960），法国博尔都大学医学博士，他是一位在抗日战争时期无私帮助我国人民的白求恩式的法国医生。在1913年到达我国之后的42年间，贝熙业与我国人民一起经历了民国的动荡、抗日战争的烽火以及中华人民共和国的成立，他把个人生死置之度外，全心全意支持我国人民的抗日战争。卢沟桥事件爆发后，他挺身而出，代表外国驻京医官致函中国红十字会，愿为红十字会服务，支援中国人民的反法西斯战争，还曾帮助共产党地下工作者从北平城往平西根据地运送药品，被视为中法友谊的象征。

民国初年,贝熙业来到中国,很快在北平城的上流社会中打开局面,诸多达官显贵常慕名找他诊治,贝大夫不仅医术高超,还颇善交际,他有一位精力充沛的中国朋友李石曾。李石曾年轻时赴法留学,1916 年被北京大学礼聘回国,任生物学教授。

李石曾:(1881.5.29—1973.9.30),河北高阳人。我国著名教育家,故宫博物院创建人之一,早年曾发起和组织赴法勤工俭学运动,曾在法国创办豆腐公司,招赴法求学的华人子弟做工,为中法文化交流做出了很大贡献。我国近代科学体制化以国立中央研究院和北平研究院的创建为标志,李石曾正是推动两院建立并亲自主持北平研究院工作的重要人物,恰如蔡元培对国立中央研究院的贡献一样,李石曾对北平研究院也做出了不可磨灭的历史贡献。

贝熙业的中国朋友李石曾

当时，李石曾正在空气清新的碧云寺养病，贝熙业前来看望，看到碧云寺及其周围环境优美，就建议李石曾在这里办一所疗养院。李石曾正要筹集创办生物研究所的资金，就和贝熙业一起，在碧云寺内办起了"天然疗养院"。之后，两人联合一些有识之士以碧云寺及周边地区为基地，创办了私立北平中法大学，开始了模仿法国教育体制的试验。

香山碧云寺内的中法大学旧址

■ 大西山

　　他们先后陆续创办了碧云寺小学、温泉小学、温泉中学、温泉女子中学和西山中学等学校，涵盖了从幼稚园、小学、中学，到大学、研究院的各层次教育，而且还设立了留学基地的海外部，以及相关的疗养院、农林实验场等一套完整的教育体系。

　　中法大学兼采中法两国学制之长，也是中外文化与大西山交流融合的典型例证。

温泉女中禹行图书馆旧址（北京市海淀区）

中法大学: 1918年第一次世界大战结束后,留法勤工俭学运动领导人李石曾、蔡元培、吴稚晖等人为动员法国退还庚子赔款,进一步推动留法教育,加强中法文化交流,联络中法两国人士,发起成立中法大学。中法大学由北京中法大学、广东中法大学和海外中法大学三部分组成,并由国立北京大学、广东大学、法国里昂大学负责筹备。其中,北京中法大学在西山碧云寺法文预备学校的基础上扩充为文理两科,于1920年最先成立,首任校长为蔡元培。经过4年的工作和努力,到1925年北京中法大学便初具规模,大学部发展为分别以法国文学家、哲学家和科学家名字命名的四个学院,即服尔德学院、孔德学院、居礼学院和陆谟克学院。在近代中法文化交流史和中国留学史上,留法勤工俭学运动曾写下绚丽的一章,而在留法勤工俭学运动中酝酿成立并存在30年之久的北京中法大学却几乎被遗忘。

中法大学温泉葡萄园旧址(北京市海淀区)

■ 大西山

贝熙业在西山的别墅——贝家花园

贝家花园是贝熙业在西山的别墅，虽然地处西山深处，隐于茂密植被之间，却也曾是高朋满座、笑语欢声之地。贝大夫家的聚会在北平城非常有名，自从贝家花园竣工之后，贝家的聚会就常常在这里举行了。

第八集 | 融流

　　每逢聚会，中外各界名流从北平、上海、甚至国外，会聚于此，来宾文化背景不同，民族信仰各异，谈吐穿着混搭杂糅，恰似一幅中国现代文化在北京西山对话交融的图景。

贝大夫家的聚会（效果图）

| 融 流 |

贝家花园三面环山，由南大房、北大房和碉楼三座建筑组成，南大房通常是贝熙业接待朋友、举行聚会的地方，朋友们从南大房前的平台上可以尽情眺望北京城的美景。

北大房是两层小楼，走进这个庭院，有喷泉、秋千架，还有法国白皮松。出身法国乡村的贝熙业，置身此处，是否也常常会有"却把他乡作故乡"的感受呢？

贝家花园南大房

贝家花园北大房

■ 大西山

　　碉楼是贝熙业的诊所,当地百姓常找他看病,贝大夫对这些普通农民非常照顾,不仅免费看病还免收药费,贝大夫的乐善好施为他在当地赢得了极高的声誉。碉楼的门楣上"济世之医"的字迹至今仍清晰可见。

贝家花园的碉楼,也是贝熙业的诊所

温泉中学临近贝家花园,当时师生有急病也会找贝熙业看病,为了感谢他,学校在温泉村西修了一座花岗岩石桥,在石桥北侧的梯形护栏石上刻了"贝大夫桥"四个大字。

抗日战争爆发后,受共产党地下组织委托,贝熙业冒着生命危险开辟了一条自行车驼峰航线,承担起从北平城往抗日根据地秘密运送药品的任务。有很多爱国青年学生也得到了贝大夫的帮助,出北平城到贝家花园,翻越妙峰山,奔赴平西抗日根据地。

温泉中学师生为感谢贝熙业修筑的贝大夫桥

■ 大西山

贝大夫开辟的自行车驼峰路线，从北平城秘密运送药品到抗日根据地

西山之间，有人曾经努力在这里留下痕迹，行走于此，这些异域风格的建筑，默默矗立于当下的时空，来自遥远国度和往昔年代的气息依稀犹在。纵然人去楼空，时过境迁，但是这些印记已经与西山融为一体，而永远地成为这里的一部分了。

┌ 圣若瑟楼遗址（北京市海淀区）
│
└ 法国教堂遗址（北京市海淀区）

第八集　　　　　　　　　　　　　　　　　　　　　　| 融　流 |

大西山

1929年6月的一天,未名湖畔喜气洋洋,燕京大学青年教师谢婉莹(冰心)与吴文藻的婚礼正在临湖轩举行,主婚人是临湖轩主人燕京大学校长——司徒雷登。

类似简朴又庄重的典礼,在燕园并不罕见,司徒雷登常常以亲和的姿态出现在燕京大学的同事和学生之间,燕园的婚礼一般都是由他做主婚人,而且仪式常常就在他的住所临湖轩举行。

司徒雷登主持冰心和吴文藻的婚礼

燕京大学，这座民国时代享誉世界的大学，其本身就是一个中西文化融会交流的典范。1919年5月，出生于杭州的美国传教士司徒雷登博士，在五四运动的浪潮中到达北京，就任新成立的北京燕京大学校长，他雄心勃勃，要把燕京大学建成一所世界一流的大学。

他多方结识中美各界人士，不遗余力地为燕京大学筹款。资金一到位，司徒雷登又四处奔波寻找新校址，最终确定了位于海淀清华园对面未名湖畔的新址。他特别聘请美国著名设计师墨菲按中国文化理念设计建筑，建成了中西合璧的美丽燕园，更重要的是司徒雷登广纳贤才任教任职，不到十年的时间，燕京大学便成为一所闻名世界的综合性大学。

燕京大学： 是20世纪初由4所美国及英国基督教教会联合在北京开办的大学之一，其前身是汇文大学和协和大学，它是近代中国规模最大、质量最好、环境最优美的大学之一，正式创办于1919年。燕京大学还曾与美国哈佛大学合作成立哈佛燕京学社，它是那个时代中国高等教育的代表，在教育方法、课程设置、规章制度诸多方面，都对中国近代高等教育的发展产生了深刻的影响。1952年，中国进行院系调整，燕京大学被拆分，文科、理科等并入北京大学，工科并入清华大学。燕京大学校址"燕园"成为院系调整后的北京大学校园。

■ 大西山

司徒雷登在自传中写道："我一生中大部分的时间以中国为家。精神上的缕缕纽带把我与那个伟大的国家及其伟大的人民紧紧地联系在一起。"

司徒雷登与燕京大学

司徒雷登：（1876.6.24—1962.9.19），生于杭州，父母均为美国在华传教士。1887年，11岁的司徒雷登回到美国，后在1893年考入汉普顿悉尼学院。1904年，司徒雷登开始在中国传教，参加建立杭州育英书院（即后来的之江大学），并于1919年接手燕京大学。司徒雷登从1922年起，在15年内往返美国10次，募捐筹款，其中有一次竟募得了150万美元，这在当时几乎是个天文数字。有了经费后，燕京大学才得以搬迁到新址。在司徒雷登的苦心经营下，燕京大学成了那个时代我国著名高校的代表之一，享有盛誉。1941年太平洋战争爆发后，司徒雷登被日本人逮捕入狱，在4年监禁生涯中，司徒雷登完成了他的大部分自传，后来，司徒雷登根据狱中所写自传写成了《在华五十年》一书。1945年，司徒雷登被美国授命为外交官。1949年，因中美关系恶化，司徒雷登被迫离开他生活了45年的中国，从此再也没有踏上中国的土地。

第八集 | 融 流

　　今天的燕园是北京大学的一部分，湖光塔影，宛若天成，无论学子还是游人都可以感受基于文化交流的创造所带来的这一份融和与美好。

北京大学燕南园

■ 大西山

1973年10月19日，北京大学未名湖畔，**埃德加·斯诺**的骨灰安放仪式在此举行。周恩来出席仪式，斯诺的墓碑前放着毛泽东送的花圈，在中国当时的政治环境和社会背景下，对于一位外国记者，这种高规格的葬礼自然极不寻常。

曾几何时，中国与西方的距离和隔阂需要有人来架起沟通的桥梁，埃德加·斯诺就是其中之一。

埃德加·斯诺：（1905—1972），美国著名作家和新闻记者，曾入密苏里大学新闻学院就读，毕业后从事新闻工作。1936年6月，在宋庆龄的联系与帮助下，斯诺经西安前往陕北苏区访问。他和毛泽东等人进行长谈，到边区各地采访，搜集关于二万五千里长征的第一手资料，次年写成驰名全球的杰作《红星照耀中国》(中译本名为《西行漫记》)，据说白求恩正是在读了此书后，带着一支国际医疗队来帮助抗战中的中国人民。斯诺非常支持中国人民的解放事业，长期向全世界宣传和介绍中国人民的革命和建设事业。1939年，他再次到延安，对毛泽东进行了访谈，并详细了解根据地的政权建设等方面情况，又一次向全世界做了报道。斯诺在旧中国度过了整整13年，做了许多有益于中国革命和中国人民的事情。

1931 年，美国青年记者埃德加·斯诺来到中国，原本这只是一个为期六周的旅行计划，然而他一住就是十三年，这次行程的改变让他的人生开始了新的轨迹。1934 年年初，斯诺到燕京大学新闻系任教，为教书方便，他在燕园附近购买了一处中西合璧式的住宅，可以远眺颐和园和西山风景。

埃德加·斯诺与妻子海伦·福斯特·斯诺

■ 大西山

1936 年，斯诺来到了延安，成为第一个进入陕北苏区采访的西方记者。第二年他写下了那本名扬世界的《红星照耀中国》，那时候没有人想到，斯诺在中国的使命才刚刚开始。

三十多年后，1970 年 10 月 1 日，北京举行国庆阅兵，斯诺在天安门城楼上和毛泽东亲切交谈，为不久之后的中美建交埋下了伏笔。

■ 中国人民的好朋友埃德加·斯诺

在京期间，他重返燕园，在慈济寺的山门边流连忘返，他的夫人洛伊斯后来回忆说："我们的眼光穿过它的拱顶，凝视阳光下碧波荡漾的一片湖面。在我们身后，有一片蔓草丛生的空地。"

1972年，美国总统尼克松访华前夕，斯诺因病去世。他留下遗嘱："我爱中国，愿在死后把我的一部分留在那里，就像我活着时那样……"如今，斯诺就长眠在慈济寺山门后面的这片空地上，他可以永远凝视着波光粼粼的未名湖。

斯诺的墓碑位于慈济寺山门后面的空地上

■ 大西山

人类中的个体从来都是息息相关的，即使相隔万水千山，人似乎总在寻找星球上与自己心有灵犀的那一个。时光来到2016年，一个召唤网友帮助美国小男孩实现最后愿望的帖子在北京的网络上迅速传播。

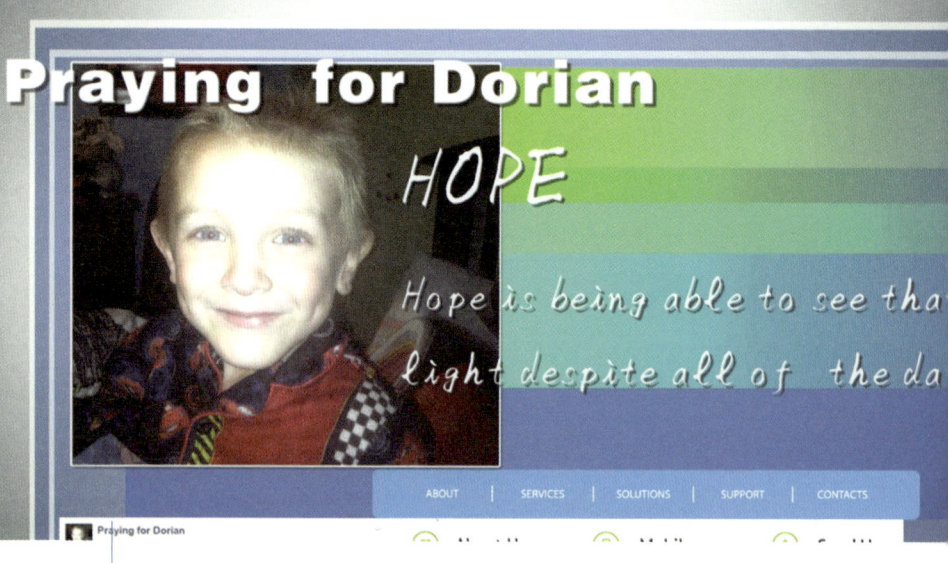

希望中国人都能认识他的美国男孩多里安

第八集　｜融流｜

　　在美国罗德岛，七岁的多里安已经癌症晚期，最后的愿望竟然是想让中国人都能认识他。他把长城称作"桥"，多里安的父亲希望能有人在长城上举一个"D-STRONG"的牌子并拍张照片，发给他们，让多里安知道全世界都有人在关心他。短短几天，身在北京的人们纷纷行动起来，把充满爱心的祝福送给大洋彼岸的美国男孩。

来自中国的祝福"D-STRONG"

■ 大西山

第八集　　融　流

山，对于行走于平原的人们而言是障碍，然而，西山却在几百年间吸纳着四方文化源流，也许出处不同，也许路径各异，但文化以一种超越政治、种族和对抗的状态完成着交汇、互动和融流。

曾经关山重重，但依然挡不住相向而行的脚步，更何况今日万物互联，一切皆网，大西山期待着更新、更美、更具生命力的文化与文明的再次融流际会、休戚与共！

导演手记：

回望大西山之我的穿越之路

/ 第八集《融流》分集导演　甄梅

第八集《融流》是我的最爱，经过三年的努力，终于要和大家见面了，在这个时刻，我想起这一集的创作完全是一个探索发现、从无到有的过程，内心满是幸福。

历史人物的历史性会面

《融流》这一集力图从文化的角度来表现多民族融合与中西文化交流两部分内容。一开始面临的困难是没有学术专著论述，且研究者寥寥。我查阅了大量资料，都是偶有涉及，各有侧重，没有一部书籍可以全面概述。面对散乱的素材，我一边继续大量阅读，一边虚心向各位专家请教,经过一段时间的积累与思考,最终确定了以历史人物的历史性会面为串联线索的创作思路。

每当回想起整个过程,总感到有一种震撼,如此众多的中外名流在历史的重要节点上建功立业,甚至扭转乾坤、创造历史,这个创作的过程就是一种穿越时空,与这些伟大人物对话交流的过程,我一个小女子何德何能,是命运的眷顾才得以让我有机会与这些真正具有大智慧的旷世之才相遇。马可·波罗、耶律楚材、乾隆皇帝、六世班禅、熊希龄、贝熙业、李石曾、司徒雷登和埃德加·斯诺等,虽然不在一个时代,但是他们却无一例外与大西山有很深的渊源。他们曾经在这里,在大西山,做过那么多轰轰烈烈的事情,我无数

本集导演甄梅在颐和园文昌苑拍摄

■ 大西山

摄制组为了拍好清晨的卢沟桥,在选定逐格拍摄的位置及设置参数

摄制组为了拍好清晨的卢沟桥,正在搭建轨道

第八集 | 融流

次想象过他们在这里的样子,仿佛他们就在我的面前,就像熟悉的老朋友,我试图了解他们的愿望,体会他们的情感,我带着无限的崇敬与感叹与他们进行超越时空的交流。

回想起来仍觉震撼

因为年代久远,很多遗迹已经模糊不清,绝大多数都湮没在历史的尘埃之中,有时候终于寻找到一丝线索,急匆匆赶过去,却只见断壁残垣,很开心能运用三维动画以及绘画让部分珍贵的场景得以复原。

摄制组在香山昭庙前,拍摄昭庙牌楼

如今，我还会时时回想起那些激动人心的画面：阳光下，马可·波罗站在卢沟桥上抚摩石狮子；耶律楚材风尘仆仆走进成吉思汗的军中大帐；乾隆皇帝和六世班禅在香山昭庙拾级而上；阳台山上贝家花园的聚会；燕园临湖轩前司徒雷登主持冰心与吴文藻的婚礼，还有未名湖畔埃德加·斯诺隆重的葬礼；等等。难忘的瞬间一幕幕浮现在我的脑海，如此真切、如此动人，不由得感慨万千。

大西山因为他们而更丰富、更灵动、更美好，非常荣幸能亲手呈现这样辉煌壮丽的历史篇章，感恩与我共同走过这三年时光的每位有缘人。感恩大西山！

图书在版编目（CIP）数据

魂归·融流 / 王淳华主编. —北京：北京出版社，2018.2
（大西山）
ISBN 978-7-200-13771-2

Ⅰ. ①魂… Ⅱ. ①王… Ⅲ. ①电视纪录片—解说词—中国—当代 Ⅳ. ①I235.2

中国版本图书馆CIP数据核字（2017）第323575号

大西山
魂归·融流
HUN GUI·RONG LIU
王淳华　主编

*

北京出版集团公司
北京出版社　出版
（北京北三环中路6号）
邮政编码：100120

网　　址：www.bph.com.cn
北京出版集团公司总发行
新　华　书　店　经　销
北京博海升彩色印刷有限公司

*

889毫米×1194毫米　32开本　3.5印张　42千字
2018年2月第1版　2018年2月第1次印刷
ISBN 978-7-200-13771-2
定价：39.80元
如有印装质量问题，由本社负责调换
质量监督电话：010-58572393
责任编辑电话：010-58572457